诺亚前的生命之舟

[英]欧文·芬克尔 著　郑勤砚 绘/译

中信出版集团 | 北京

图书在版编目（CIP）数据

诺亚前的生命之舟 /（英）欧文·芬克尔著；郑勤砚绘、译. -- 北京：中信出版社，2019.10

书名原文：The Lifeboat that Saved the World

ISBN 978-7-5217-1112-7

Ⅰ.①诺… Ⅱ.①欧… ②郑… Ⅲ.①神话－英国－现代 Ⅳ.①I561.73

中国版本图书馆CIP数据核字（2019）第209326号

诺亚前的生命之舟

著　　者：欧文·芬克尔
绘　　者：郑勤砚
译　　者：郑勤砚
出版发行：中信出版集团股份有限公司
（北京市朝阳区惠新东街甲4号富盛大厦2座　邮编　100029）
承 印 者：北京尚唐印刷包装有限公司

开　　本：787mm × 1092mm　1/16　　印　　张：5.5　　字　　数：30千字
版　　次：2019年10月第1版　　印　　次：2019年10月第1次印刷
京权图字：01-2017-9010
广告经营许可证：京朝工商广字第8087号
书　　号：ISBN 978-7-5217-1112-7
定　　价：36.00元

图书策划：活字文化

译者序

2017年7月的一天，我在伦敦明媚的晨光中与一位白胡子马尾辫、风度卓然的长者见面，他站在大英博物馆门前，如同这个古老博物馆的一部分，一件珍宝。他在博物馆中健步如飞，介绍起文物如数家珍。孩子们被他的风度和引人入胜的故事所吸引，极力追赶着他的脚步。那真是大英博物馆一道亮丽的风景。

欧文•芬克尔先生是英国著名文献学家、亚述学家、楔形文字研究者，出版了许多有着广泛影响的著述。他于1976年进入大英博物馆工作，负责翻译、分析大英博物馆的13万余件楔形文字碎片。他热爱教育，除了日常在大英博物馆的工作外，正在把自己所研究过的历史，如古巴比伦文明、古埃及文明和古希腊罗马文明写成故事书，让孩子们从小就能接触世界古代文明，通过生动易懂的方式了解、记住丰富灿烂的人类历史财富。在与芬克尔先生的交往中，我深深感受着他的人格魅力。他既有着圣诞老人一般爱孩子的热情，言语中时不时透着诙谐幽默，他还是一个魔法师，总是会变出不一样的藏品的秘密。他是一位学者，更是一位热爱教育、对孩子们充满爱的馆长。

作为芬克尔先生《诺亚前的生命之舟》中文版的译者和插图作者，我感到非常荣幸，能把他的书译介到中国。拿到这本书的时候，我一口气把它读了下来，这真是一本引人入胜又充满了故事趣味和生命哲理的书。从一块泥板书破译的秘密，以一个男孩的视角展开了一段惊天动地的旅程。这当中有一种伟大的发现和创造精神。

当我画这些插图的时候，我尽力在脑海中勾画和想象着那一幅幅场景：古代美索不达米亚地区的风貌和阿特拉哈西斯的船，暴风雨来临前夜人们在面对危险洪水时的情景和决心；了不起的男孩为拯救生命、建造圆舟所付出的勇气和智慧。通过一个孩子的视角，楔形泥板上记载的故事，如同曾经发生过一般，清晰地在我的脑海中呈现出来。我对智者阿特拉哈西斯一家临危受命、拯救世界的精神深感敬佩。我为圆舟的形状和细节多次与芬克尔先生讨论，用科学的态度去尽可能表现它。根据芬克尔先生的建议，插图数次更改，我深刻地感受着芬克尔作为学者的严谨。我试图用水墨和设色尽可能表现出中国意蕴和精神，期待着全世界的儿童能够了解到中国艺术风格的魅力。这虽然是一本童书，但是它同样适合于对此有兴趣的成年读者，每个人会从中得到不一样的收获。

芬克尔先生的书让我们重新思考人类的过去和未来，他给孩子们的问题其实也是给每个地球人的问题。随着地球变暖，自然生态被破坏，人类应该倍加珍惜和保护我们今天的生存环境。不管楔形文字泥板上的大洪水是否真实发生过，人类都需要学习如何面对未知世界的灾难和挑战。生命之舟，人类的希望之舟；生命之舟，需要你我共同造就。

郑勤砚

2018年11月18日

中文版作者序言

我非常幸运，能够在世界上最伟大的博物馆——伦敦大英博物馆——工作；更加幸运的是，我在大英博物馆已经工作了四十二年之久。我的工作职责是阅读世界上最古老的文献之一，也就是用楔形文字书写的黏土泥板文献。这些楔形文字写就的泥板文献来自古代的美索不达米亚地区，也就是现在伊拉克的所在地。这些文献是由古代的苏美尔人、亚述人和巴比伦人写成的，他们的文字尽管看起来十分奇怪，但已被使用了三千多年。

博物馆馆长的生活通常都充满了惊喜的发现和意外的收获。有一天，一位来访者给我带了一块家传的用楔形文字写成的泥板文献，让我帮忙鉴定一下它的价值。这是他从父亲那里继承下来的一份财产。在这之前，没有人能够读懂这块泥板上楔形文字的内容。结果，我的解读向他表明了这块泥板所记述的一件令人兴奋的史实。这就是关于巴比伦古老洪水故事的一部分：当全世界都被洪水覆盖时，一个名叫阿特拉哈西斯的英雄人物被神灵选中，去建造一艘特殊的船只来拯救整个人类，以及雌雄各一的各类动物。这个非常古老的神话故事，今天已是众人皆知：它与诺亚和他的方舟的故事基本相同，但这个来自古代伊拉克的神话故事却要古老得多。

从这则故事中，我们了解到，巴比伦人用以拯救所有生命的是一艘圆形的船只，也就是今天被称为“科拉科尔”（Coracle）[1]小艇那种类型的船只，但是这艘圆舟却巨大无比，因为它要为每一对动物提供所需的生存空间。如果有人想要建造这种圆形船只，只需要按照黏土泥板上的楔形文字所记载的细节进行复制：船只需要多大的空间，需要用什么材料，以及这些材料的数量是多少，等等。所述详尽，无一遗漏。我幸运地破译了泥板上楔形文字所记载的文献内容，之后，又发生了两件激动人心的好事。一是根据泥板上的楔形文字的记载，我为成年人撰写了一部书，名为《诺亚之前的方舟》；二是专家们决定按照古老楔形文字的记载指令来重建一艘现代版的圆形船只，以再现古船原貌。这个古老圆形船只的重建项目在印度举行，并由一家电视台进行全程录制，进而把这一伟大的制作工程拍成了一部纪录片。

之后，又有一位善良的英格兰老太太向我建议，让我为孩子们再撰写一本洪水与圆舟的故事，我觉得她的这一提议很好。于是，我欣然决定让阿特拉哈西斯那位9岁的儿子作为这本儿童书的英雄人物，全书通过这位男孩的视角来描述所发生的一切。这本小书就是大家手中

[1] 科拉科尔小艇：一种在枝条或木制构架上蒙上防水材料做成的圆形小船，多见于威尔士和爱尔兰地区。

所看到的《诺亚前的生命之舟》，它被我在中国的好朋友、中央美术学院教授、中国著名艺术家郑勤砚博士译成中文，其中的插图也是她亲手所绘。

我希望，阅读这个故事的男孩儿和女孩儿都可以想象一下，四千年前的古巴比伦的那位少年，当他听到所要发生的那场洪水时，会是一种什么样的神情？大家再想象一下，这位英雄少年在建造这艘圆形巨船时，为拯救这个世界的所有生命，他又做出了哪些贡献，担负了哪些责任？

欧文•芬克尔

2018年11月8日

目录

楔子

早在四千年前，古代美索不达米亚的巴比伦人就知晓大洪水和那艘为拯救万物而造的大船的故事。美索不达米亚平原是底格里斯河和幼发拉底河的流经之地，即如今的伊拉克境内。古巴比伦的英雄受命建造一艘救世之船，用来保护世间的动物，雌雄各一，直到洪水退去，新世界来临。此人名为阿特拉哈西斯（Atra-hasis），在巴比伦语中意为“智圣”（Very wise），本书所要讲述的，就是关于他和他所造的救世之舟的古老神话。

这个故事发生在四千年前。我们为何能够确认故事所发生的这一时间节点呢？原来，很久以前，这个故事有幸被当时勤劳的说书人和抄写员记录了下来。在没有纸和笔的情况下，他们就用一种筷子状的工具，在由河堤黏土制成的泥板上进行书写，所写的这种文字被称为“楔形文字”。楔形文字将每个单词以音节的方式表示出来，古巴比伦人如果要写“apple”这个词，会连着写下两个分别表示“ap-”和“-pul”读音的符号，最后再加上“appul”。尽管这种拼法有些可笑，但它还是有一定道理的。

令人意想不到的是，这些泥板竟然被保留了下来。它们在地下躺了数千年，终于等到了考古学家让它们重见天日，我们才能读到泥板上的这些故事。人们第一次见到这种泥板上的楔形文字时，都难以相信它们是文字，但它们的确是文字，而且是一种我们今天依然可以理解的文字！早在字母表问世之前，楔形文字就已经出现，它是我们目前所了解到的最古老的文字之一。公元200年，楔形文字如同恐龙一样消亡了。直到公元1850年（英国维多利亚女王在位之时），才华横溢的学者设法破译了这种绝迹已久的奇特的书写形式，才使得这些古老的故事得以重返人间。

如今，这些珍贵的楔形文字泥板被收藏在世界各地的博物馆或者考古学家手中。

那些泥板中的许多故事已被遗忘，但至少，我们还知道其中的一小部分。人们用楔形文字把整个洪水故事刻在了特殊黏土制成的光滑泥板上，这个关于大洪水与阿特拉哈西斯的巴比伦神话就存留在了少数的楔形文字泥板上。近期，有人首次对一块楔形文字的泥板进行解读，提出了阿特拉哈西斯的船，就是与我们称之为科拉科尔小艇相类似的内河圆形船。正是有了这个发现，才为我们拉开了本书故事的序幕。阿特拉哈西斯的船必定很大，差不多有半个足球场那么宽敞，考虑到它要完成拯救万物这样的重要使命，这么大的体积倒也不足为奇。

阿特拉哈西斯有三个儿子，我们还不知道他们的名字。在这场惊心动魄的历险中，他的小儿子扮演了重要角色，我们姑且先称他为“快孩”(Very-quick)。

本书中的**粗体字**表示直接从原始的楔形文字泥板上翻译过来的内容。

其他的楔形文字泥板为我们讲述了远古时期美索不达米亚的众神以及人们的日常生活。

因此，大家要知道，这个故事不是我本人编写的，我只是将它重新讲述出来。

1

可怕的消息

在一个潮湿闷热的夜里，快孩突然惊醒。

他立马警惕起来，绷紧身体，竖起耳朵。就在几秒前，某种恼人的声音将他吵醒，这种声音十分陌生，使他无法辨别。男孩屏住呼吸，躺在那儿静静地等待着。

之后，在父母睡觉的地方，男孩听到父亲用低沉稳重的声音正在询问什么。他的父亲——阿特拉哈西斯，并不是在和母亲说话。那么他在和谁说话呢？所有人都睡了，万籁俱寂，只有微风的窸窣和牲畜偶尔的叫声。

快孩的狗躺在地上酣睡。父亲熟悉的嗓音里夹杂着一丝陌生的东西，不再像平时那样抑扬顿挫，充满活力。他的父亲似乎有点……恐惧。

这一声音停顿了很长时间，接着，男孩似乎听到了一阵低沉的召唤，那召唤穿过芦苇丛而传来，显得如此遥远，好像在风的尽头：**"墙……墙！"**一遍又一遍，仿佛回声一般，声音接着传来：**"芦苇墙……芦苇墙！"**

快孩迅速爬下床，蹑手蹑脚地穿过熟悉的房间，溜到走廊去。他的父亲正一动不动地站在院子外面。父亲的背后是一片黑暗，面前却闪烁着令男孩无法直视的冷光，而且他发现，他的父亲也睁不开双眼。

又是一阵停顿。

那个声音又传来了。余音不绝，圆润低沉，每一个音都很宽广、高亢、深沉。他顿悟了，这是神在说话。

那声音掠过时，他的父亲矗立着，如同雕塑一般。

"阿特拉哈西斯，听取我的劝告，你将获得永生！毁掉房子，造一艘船！舍弃身外之物，去拯救生命！"

男孩咽了口唾沫。这可真是奇怪的指示。夜半时分，一个知道父亲名字和住处的神，亲自来给他提出这些建议。这肯定不是一般的神，因为一般的神都沉默不语。这个神肯定是家喻户晓的三大神——天神阿努（God Anu）、风神恩利尔（God Enlil）和智慧水神恩基（God Enki）之一。

阅读提示

在古代，美索不达米亚有许多神，其中最为重要的三个神为阿努、恩利尔和恩基。每一个神都有家室，通常还掌管着某个特殊领域，比如农业或战争。在这些领域之内，他们要事无巨细，亲力亲为。大多数神都尽职尽责，但有一些也会疏忽大意，甚至有一两个神还会顽皮淘气。每一个神都有自己独特的王冠。

快孩觉察到这些话丝毫没有打动父亲。父亲仍旧沉默无言，俯首站立。为什么一定要放弃所有而建造一艘船呢？到底是为什么？阿特拉哈西斯不知如何抉择，他的双手先是紧握，后又张开，好像是在诉说什么。

然而，快孩却立刻明白了：建造一艘拯救生命的船，就意味着将会有一场毁灭生命的洪水。看来很快就会有一场可怕的洪水降临，将万物置于绝境，而接受造船使命的人，正是他的父亲。

阿特拉哈西斯并未注意到儿子在场，他深吸着气，细细琢磨着。这个来找他的神必定是恩基，而这个神有一个缺点……

阅读提示

恩基神与其他诸神极为不同，他富有幽默感，喜欢开玩笑。关于他的故事有很多——醉酒，追求女神，各种坑蒙拐骗之后还能够逃脱处罚。正是恩基，在心情不佳时，将不同的语言散布世界各地，正因如此，人们在与外国商人交流时，总要使用手势，以免闹出笑话。

但此时此刻，这些事情听起来十分严肃。

“我对造船一无所知。”阿特拉哈西斯说道。

这话听起来有些挑衅意味，甚至在违抗神的旨意。生活在底格里斯河与幼发拉底河畔的每个人都知道如何造船。船只无处不在，无时不有。它们分为几种不同的形状。内河船的构造并不复杂：几捆芦苇和一些防水布就能制成一艘内河船。如果情况紧急，任何人都能爬上一些漂浮物求生；但从另一方面来说，如果人们的生命完全依靠这艘船的话……

恩基并不作声，他在等待着阿特拉哈西斯的回答。

虽然阿特拉哈西斯觉得他问的问题再多，也是合理的，但他停止了询问，开始思索造船所用的工具和材料。

“在一个圆形平面上，”恩基好像对他的想法了如指掌，**“建造这艘船。”**

“我明白了！”阿特拉哈西斯想，“造一艘圆舟并不复杂，就是那种小圆艇中的一种。”

“使其长宽相等。”那个声音继续说道。

阿特拉哈西斯抬起头。这根本就是无稽之谈。圆形就是圆形，它怎么可能——

“需要我给你画出来吗？”恩基的这个问题虽然问得很有礼貌，但听起来却有些讽刺。

阿特拉哈西斯回想起他在学堂学习时，曾在一块黏土上画了一个圆，在圆的周围画了一个方形框架，他还试着命名那些奇怪的边边角角，测量其大小。阿特拉哈西斯当时认为这真是浪费时间，不过现在那个场景再次浮现，原来圆的长宽是这样表示

的。恩基对此给予了肯定。

阿特拉哈西斯点了点头。圆舟的说法还算说得过去，它的漂浮力极强，他还未曾听说过哪艘圆舟会沉没水中。他就要建造这么一艘圆舟来拯救生命。好吧。虽然这不是一项普通的工作，但是恩基说的话毕竟是命令……

他自言自语道："这艘船要比一般的船大很多。普通的船一般只能装下两个人和一只羊，大小也仅限于此。而这次造的船大有用处——"

"船的底部面积要有一个运动场那么大，高度为七米。"恩基坚定地说。

一个运动场？一整个运动场那么大吗？阿特拉哈西斯感觉自己头晕目眩。他试图想象一下这艘船在地上的样子，仅绕着它走一圈就要花上两个小时。这简直是天方夜谭，它根本漂浮不起来，甚至可能会半途而废，因为没人能找得到足够的制作材料。这个想法太疯狂了。

"记住，造船用的绳子和灯芯草，你已经见过很多次了。其他人可以帮你一起扭结绳子。"恩基坦然地说道。

"我可以帮忙，"快孩在心里暗暗说道，"我们都会来帮忙。"

"你需要527公里长的绳子。"恩基停顿了一下补充道，好像他刚把这个数字计算出来。

527公里？阿特拉哈西斯感到不可思议，这根绳子长得可以伸到月球上去了，建造这艘船恐怕需要这个国家所有人的共同参与……

拯救所有的生灵。为什么偏偏是我呢？他想问。

但是刺眼的冷光逐渐消失了。

恩基已经离去。

阿特拉哈西斯要做什么？他不能告诉任何人，尤其是妻子和儿子们。他想，如果灾难真的发生了，他一定会尽力保护妻儿。他必须独自承担这个责任。

谁都不可以知道。

快孩悄悄退回黑暗的房间中，重新躺到床上，心却怦怦直跳。他要想的事情太多了。如果父亲发现他偷偷看到了这一切，或许会很生气。他能听到母亲均匀的呼吸声。到底会发生什么事情呢？

男孩翻了个身，闭上眼睛思考着：如果到时候，非要建造那艘巨大的船只，他会竭尽所能来帮助父亲，因为他喜欢制造东西。

这时，阿特拉哈西斯仍站在外面。他思索着，如果要拯救所有的生灵，那么各种动物该如何去找？它们肯定也是这些生灵中的一部分。他要拯救的是所有的生灵！四只脚的、有翅膀的、地上爬的……它们都是其中一员。难怪这艘船要建得这么大。

在脑海里，他突然意识到未来将要发生什么——大洪水！他震惊了。这一切简直不可想象。

摆在面前的只有一条路，那就是遵照恩基的命令，立即全身心投入工作之中，去建造这艘巨大的救世之舟。

2

众神做出决定

阅读提示

你可能会对这一切感到疑惑。几千年前生活在美索不达米亚的一个人，突然接到一项任务，要他建造一艘世界上最大的救生船，用来在洪水中拯救所有的生灵。怎么会发生这种事情呢？

那些俯视世界的巴比伦之神，面对这一可怕的灾难，都冷眼旁观，在最后时刻，只有恩基神伸出了自己的援手。

"不行！不行！绝对不行！"

愤怒的咆哮传来，如惊雷一般响彻天穹。然而，这不是坏天气在作怪：没有雷电闪闪，没有暴雨倾盆；这是恩利尔在发怒，这已经不是他第一次发火了。他站在那里，如巨大石雕一般，双手撑在后腰，头朝后仰，像一只狂怒咆哮的狮子。在他旁边的几位神灵都悄悄离开。有时候，恩利尔忘了阿努才是真正的领导者，而他只不过位居其次。恩利尔情绪无常，心胸狭窄，年轻一点的神尤其了解他的坏脾气，对他都避而远之。

"怎么又这样！我刚睡着！好了，我受够了！我再也忍不了人类该死的叫嚷了！"恩利尔又开始发作了。

老阿努叹了口气，也开始抱怨和呻吟。的确如此，下面的人间又传来可怕的嘈杂声，这声音有时大得过火。恩利尔有一件事情算是说对了：每一次的吵闹都比上一次来得更凶。阿努小心地透过云层朝下窥视，想看看世间为何如此吵闹。

在那遥远的地方，陆地与河流交错分布，但他却能辨认出熟悉的山川和沼泽、城市与集镇、乡村与田野。在每个地方，人们都在为食物与水源而争斗不已，为空间与空气而努力奋斗；还有人在争名夺利。吵闹声不绝于耳，争论声此起彼伏，声音最大的，莫过于新生儿的啼哭和垂死者的呻吟。而动物们——不论形体大小，不论温顺还是野蛮——它们的声音成了整个环境的基调。这也并没有好到哪里去：很多时候，众神爱听的鸟儿的甜美歌唱都被其他吵闹声所淹没掉了。阿努所见之处，皆是如此。

之前也出现过这种噪声问题，有一两次还以可怕的结局而收场。第一次，恩利尔制造了一场惩罚性的瘟疫，第二次制造了一场致命的干旱。每一次，在慈悲降临之前，人类都承受了巨大的痛苦，谁都不愿再回想起这些往事。然而，最近又有其他的神抱怨噪声问题。噪声循环往复，不断出现。就在刚才，饱饭过后的恩利尔正躺在他的专用椅子上小憩，他突然被噪声惊醒。这次惊醒看起来像是骆驼背上的最后一根稻草。对此，阿努深感情况非常不妙。

在他背后，恩利尔正重重地上下跺脚，眉头紧皱，怒视前方，身上似乎要冒出烟来，巨大的拳头握紧又松开。更让人不安的是，他随即慢慢平静下来。很显然，恩利尔做出了什么决定。他拍了拍手以引起注意（不是所有听到他说话的神对他都不理不睬），他号召他们稍后在此处举行一个高层会议——说得好像他自己拥有这般权力一样。

众神面面相觑。他们都记得先前施加在世间的瘟疫和干旱是怎样的可怕，因此，他们不想做任何类似的可怕决定，但是恩利尔一旦有了这种坏情绪，谁不知道接下来会发生些什么。他们有权力选择是否发言或投票，但是他们必须要到场出席。

当所有神在议事厅落座之后，恩利尔立马搬出自己的领导身份。众神鸦雀无声地听着。为了解决噪声问题，他想出了一个十分邪恶的计划。这次他不再大吼大叫，大家都能看出来，这个想法在他脑子里已经盘桓了一段时间了。

“整个人间的创造从一开始就漏洞百出，”他讲道，“世间的人数太多了，他们疏于工作，生活方式原始而又聒噪，破坏了我们神所需要的宁静。况且，他们的寿命太长了。”

他做了个手势，让大家不要分心。

“我们高高在上，掌管万物，不是吗？我们安排着一切，管理着将要发生之事，使它们相互适应。但我们中有谁睡过一个完整的好觉？真是受够了他们，我告诉你们，这一切马上都要结束了。”

大厅里出现了一阵隐隐的骚动。其他神都没有这么强烈的情绪，很多神认为恩利尔的反应过火了。说实话，有些较为年长的神都没有认真听他说话，还若无其事地睡起了大觉。但恩利尔专横地抬起了手。

“我再强调一遍，这都要结束了。我之前做过努力，你们也记得，我试过用瘟疫和干旱让他们安静，但都不管用。所以现在，我要用洪水将所有生灵置于死地，以永绝后患。我要发起一场铺天盖地的洪水，让它毁灭世上的一切。”

大厅四处响起了一阵惊恐的喘息声。众神相对无言。他们最不提倡的，就是毁灭这些产生噪声的人类。这完全不是一种好的解决办法，而是一场疯狂的杀戮。如果事情真有这么糟糕……

“我们不能让他们小点声吗？”一位不常发言的乡村之神说道。

“能啊，”另一个声音说道，“我们可以说得坚决而有礼貌。我们之前还没这么做过呢，不是吗？”

恩利尔嗤之以鼻：“每时每刻都有新生命出生，世间已经被人挤满了！人类制造出的那令人厌恶的聒噪是不会断绝的！”

“我有个更好的主意，”伊师塔女神（Goddess Ishtar，她专管爱与战争，一想到自己忠诚的拥护者要遭此厄运，她就心如刀割）说道，“我们不能搬到更高的地方去吗？高处有无尽的空间，不是吗？”她朝上指了指，“我们可以都搬到——”她做了个向上指的手势，“——上面去。远离噪声。如果大家都搭把手，搬家不会用时太久的。”

大厅里坐着的众神都赞同地点了点头，或是发出了支持附和的声音。

“一派胡言。伊师塔，你这想法简直荒唐，想都别想。人类这种东西已经过时了，我们不需要了。我已经说过，我们要从头再来。”

一两个神试图吸引阿达德神（God Adad）的关注，他掌管世上的天气和暴风雨，如果他能拒绝妥协……

阿达德看着地板，尽量使自己不引人注目，他希望自己置身事外就能平息这件事情。

阿努的情况并没有好到哪里去。他比恩利尔更有代表性，能记得众神出生之前所发生的事情，这就意味着他总会在幕后稳定大局。而今天的他看起来有些畏缩，众神都能看出来他并不打算提出任何反对意见。

恩利尔傲慢地环顾了一眼议事厅。直至目前，事情正朝着他希望的方向发展，但是他有意看了看排行第三的神——恩基。恩基以出其不意而闻名，是个喜欢冒险却富有感召力的演讲者。如果会有什么乱子，那肯定会出在他的身上。

现在的诸多讨论中，愤慨与怀疑的声音此起彼伏，恩利尔仍站在讲台上，一动不动。大家朝恩基望去，想让他说点什么。

恩基一直很受欢迎，他深信大家会听取自己的意见，但是，当众神情绪如此高涨之时，在他们面前，他才不会上恩利尔的当。当然，在他看来，灭绝众生这个想法太可怕了，这个计划就像之前的计划一样无用、残忍、荒诞。他真心喜欢那些每天在地上自娱自乐的人类和动物：世间万象总是千变万化，妙趣横生。实际上，他还会竭尽所能地帮助人类。但是，现在说这些都似乎没有任何意义。恩基站在那里，等着大家安静下来。

"我们的决策者似乎完全忽视了一点：如果没有那些可怜的人类来服侍我们众神，谁给我们提供食物？谁来看护我们庙堂里的雕像？谁给我们唱赞歌？谁能够让我们过得如此舒适快活？"

众神明显松了一口气。说得真不错！老恩基好样的……

然而，谁来给众神生产食物这个问题，恩利尔早就想到了。"完全不必。我的计划是，一旦人类消失殆尽，我提议母神（Mother Goddess）——"他恭敬地朝母神所在的方向鞠了一躬，"——请她来创造另一种比人类更为合适的替代品。首先，它们会更努力地工作而默不作声。如果这种新型仆人只能通过手势交流，那就再好不过啦。”

母神垂下眼帘。她爱她所创造的每一个人类，但此时此刻，她竟然惊慌得说不出话来。

“那么，”恩利尔找准时机，继续大声总结道，“就这么办吧。让众生溺命于洪水之中。”

他看向对面，寻求阿达德的支持，而阿达德正怀疑地摇着头。

“请注意，我会颁发所有的指示。整件事情对外界保密，不能在大厅之外走漏丝毫的风声。”

众神聚到一起，低声讨论他们刚刚听到的消息。有的神脸色惨白，身躯颤抖；有的神则互相依偎，悲伤啜泣。但恩利尔都不为所动：事情发生之际，不会有谁真正出来阻拦。他背对大家，专横地朝阿达德示意。恩利尔一边走，一边和阿达德说着话。

与此同时，恩基仍坐在座位上，目光凝滞，苦苦思索。他肯定要干预此事，但他不能进行具有说服力的演讲或慷慨激昂的公开辩论，而是要在幕后悄悄进行。如果他不能独自阻止这次大规模毁灭的发生，那也一定会通过某种方法，使一些精心挑选出来的人和动物得以存活下来。如此一来，在恩利尔制造的疯狂灾难过去之后，各种生灵也能延续下去。

“有什么办法呢？”他想。

恩利尔灭绝生命的途径是制造一场巨大的洪水，而只有一种办法能应对这疯狂至极的做法，那就是人类中必须有人出面来建造一艘大船……

3

造船

“你听说关于大船的事了？”

“我觉得这太疯狂了。”

“我也这么想，我们去打听打听他要说些什么。”

两个住在附近的人谈论着，加入了围着海枣树转悠的那一群人中。大家都听说了这个奇怪的传言。

阿特拉哈西斯带着快孩正赶去见他们，边走边说，他需要帮手来建造这艘独特的船。

“我知道。”

“你知道？你怎么会知道？”

“前天晚上，我睡不着就到了院子里，我……都听到了。”

阿特拉哈西斯停了下来，一言不发。他昨天一整天都心绪不宁，没有出门，做不了任何决断，不断回想着恩基的话和他的命令。妻子不止一次地问他：“怎么了，哈西斯？”但他不能告诉她。而那段时间，快孩竟然早就知道所发生的这一切。

“我不是故意偷听的，当时我正好睡醒了。爸爸，我可以帮你，跑腿、做事都可以，我能成为你的好帮手。”

作为一个九岁的孩子，他本来可以不必去思考世界末日和拯救世界这些大人的问题。因此他的这一成熟行为，给了阿特拉哈西斯意想不到的惊喜：快孩的确长大了，而且这种成长正合时宜。快孩聪明伶俐，洞察力强，是三个儿子中最聪明的一个。阿特拉哈西斯低下头，父子俩深情对望。

阿特拉哈西斯一直在讲一件很重要的事情，当地的男人也都知道了：阿特拉哈西斯想要建造一艘全新的、世界上最大的圆舟，他希望在大家的帮助下，能够尽快建造出来。

这是一项艰难的工作，当然，人们喜欢挑战，任何人都喜欢挑战。但仍有一些令人尴尬的问题需要做出合理的解答。

“为什么要建造这么大的一艘船？”有人喊道。

“对啊，我也想知道。为什么要建造这么大的船？用普通的尺寸不行吗？建造完了之后，我们用它来干什么呢？”

“就是啊，把大家叫来造船倒是不难，但总得有个理由吧？”

大声提问的人听起来很不服气，阿特拉哈西斯则平静地回答着。

“所以，”他说道，“我别无选择，只能按照恩基的指示去做，他亲口说我们需要一艘船，还将船的尺寸告诉了我，我只是奉命行事。”

阅读提示

恩基早就叮嘱过他如果遇到困难要如何跟别人解释。

每个巴比伦人在出生时，他的家人就已经决定好了选择哪位神来庇佑他。阿特拉哈西斯的庇佑之神就是恩基。我们已经知道，恩基最近跟他的上司恩利尔闹僵了，而这自然就会使恩基保护下的阿特拉哈西斯遭难。在这种情况下，他和家人只能离开这里，这一点即使是批评他的人也能理解。

人们点了点头表示理解，对这一点不再过问，不过仍有许多亟待解决的问题。其中关键的一点就是：他们凭什么要放弃自己的工作，抛家弃子，加入阿特拉哈西斯这个秘密工程中来呢？

“好吧，你们都知道，我不会造船。只要你们会造船，有时间，并且愿意搭把手，我会提供最好的伙食，绝不亏待你们，并且希望船造成之后大家能有其他意外收获。我不敢做太多保证，这毕竟是一次冒险和挑战，但我敢说，我们的这艘大船早晚有一天会闻名于世。”

这听起来很诱人。

最后，一群世代造船、拥有数年经验的当地人接受了这项工作。他们感觉这听起来很专业，而且挺有意思。显然，阿特拉哈西斯仅凭一己之力不可能达成造船的目的，其实是恩基在背后指导过他应该如何说服大家。一些身为木匠或沥青行家的朋友和邻居也开始帮忙，不久，阿特拉哈西斯就有了一个造船团队。最后还需要有一位经验丰富的造船专家来担任总指挥，而这个职位也有了合适的人选。

阿特拉哈西斯还解释，虽然这艘船的体积巨大，但是他们只有七天的时间来完成这个工作。新加入的人闻之面面相觑。他是认真的吗？七天？没错，这是恩基说的。恩基还建议用一只水表来监督每个人的工作时间。阿特拉哈西斯的小助手快孩就负责这一计时任务。别人都不能碰这个计时的水表。

阿特拉哈西斯意味深长地伸了伸胳膊，好似暗示要将这艘新船建在田野里。这又是多么荒谬的事情。把船建在河边不是更加合乎常理吗？他摇了摇头，觉得没有必要进行解释。这些人半信半疑地跟随着阿特拉哈西斯和他的小帮手，开始了各自的工作。

“我们需要的是老式的木桩和绳子。”阿特拉哈西斯打开了他的麻袋。

他将木桩打在了田野中央，又把绳子拉紧。

“绳子绷得这么紧，你是不是要给我们弹上一曲？”有人说。

“你指望着这木桩能够长成一棵树吗？”又有人说。

阿特拉哈西斯笑了。

快孩将脚重重地踩在了木桩上，阿特拉哈西斯则将绳子拉紧，绕桩画了一个大圆圈，标出了新建圆舟的边界线。他很专注，头也不抬，人们也都安静下来。阿特拉哈西斯的权威是不容置疑的，人们看着他，渐渐知道了这个新建方案的来由，虽然这一方案看起来很疯狂，但他们还是开始了各自的工作。

快孩并不知道建船的详情，因为恩基后来又和他父亲强调了一遍细节。恩基提醒过阿特拉哈西斯，说洪水迫在眉睫、灾难来临之际，还会出现两个奇怪的征兆：鸟和鱼将从天而降；如果新月出现，也预示着洪水即将来临。这些征兆说明上面的诸神发起了这场致命的灾难。现在，阿特拉哈西斯还来不及去思考这些细节，因为他的任务繁重，时间紧迫。对自己所肩负的这一任务，他深感神圣而伟大。

令阿特拉哈西斯倍感欣慰的是，第二天，这些工人们就带来了工具和首批建船材料：用来制作绳子的海枣树树皮和用来制作船架的厚实木材（但他还没敢告诉他们总共需要多少材料）。获取沥青的方法很简单：有些地方会直接从地下涌出黑沥青，所有的造船工或需要防水材料的人都会自己过来直接取用。

制绳子的人马上开始了手中的工作。他们给阿特拉哈西斯做示范，教他如何正确地把海枣树树皮做成绳子，但是他并不熟练。工人们都咧嘴笑他，也不再让他做绳子了，免得他的手上磨出水泡。

绳子编制得差不多了，工人们就开始循着阿特拉哈西斯在田里标记的圆圈将绳子展开。走到一半，他们停了下来，个个目瞪口呆。

“简直不敢相信！”

“瞧瞧这个尺寸！”

尽管他们十分惊讶，但也只能遵循之前的常规造船流程。步骤是相同的，不过规模与尺寸变得十分巨大。

“把自己想象成巨人，”阿特拉哈西斯说，“因为你们个个都是巨人。”

第一绳圈完成了造型，但还需要附加上更多的绳子，需要把相邻的两排绳子紧实地缠起来。第一天，一排接一排的绳子逐渐围成一个大圈盘，就像用绳子缠成的一条巨蟒。将要打破记录的圆舟，初看起来，就像一只软软的绳编的篮子。

新建圆舟的围墙建得越高，船的结构就越加复杂，最后，在第一线工作的人们必须要踩着梯子，举起长长的绳子，才能将它们一层一层地摞起来。小助手快孩喜欢蹲在最上面，给造船工人传递各种工具，喜欢与他们聊天，他也深得大家的喜爱。

“这就是你父亲想造的圆舟，它大得出奇。”

“我知道。他之前从来没有想过要造船。”

“快孩，你父亲真的见到恩基本尊？”

“我觉得父亲应该只听到了他的声音，告诉他该怎么做。”

“我要是听到，早就被吓死了。”

“我也是。”

“孩子，我不明白的是，这艘船为什么要造这么大？到我们完工的时候，你能把河里所有的船都摆放在这艘大船里，还不会被人发现。”

“为什么有人想要这么做？”

“告诉我为什么要造这艘圆舟吧。”

“或许是因为……”男孩说道，好像突然想到了一个主意。

“嗯？”

“可能是一个生日的惊喜！”

“很有可能。毕竟几乎没人知道我们在做什么。”

先前说话的那个工人用力拉着绳子，用木钉把它固定紧了。

“但为什么把它建在离水这么远的地方呢？”一个木工说，“真是令人想不通啊。”

“河边的地方不够大，”男孩说，“因为有这么多的人和东西，所以我父亲认为我们必须把它建在这里。”

“完工之后，我们要把它运到河边去，就像滚轮子一样。”

“不知道河里的水够不够深，能不能漂浮起它来。”

早先开口说话的那位造船工戳了戳后说话的工人的肋骨。

“我教你用这个木钉的时候，你可不能说话，要专心致志，一不小心就会……”他举起一根断了一截的手指给他看。

同时，另一位木工正拿着一把斧头和刨子，正在用合适的木材制作船的肋材。这也是个技术活儿，因为每根肋材都必须从上到下紧紧地贴合在用绳子围成的这面圆墙上，下面的肋材在中间还要与其他肋材进行楔合，从而形成一个木制的船底板。阿特拉哈西斯坚持要把这些长长的木肋材做得又粗又壮，因为它们要承受巨大的冲击力。

阿特拉哈西斯对这一结果感到十分满意，决定向恩基汇报一下造船的进展。于是，在第二天傍晚完工之后，他抬起头，大声说道：**“我安好了三十根船架骨，它们都有一个大麦桶那么粗，长达六十米。”**只有他的儿子在那里听着。

虽然没有得到恩基明确的回复，但他们都知道信息已经传达过去了。

第二天一早，有几个小混混追着快孩跑，还嘲笑他，说他的父亲疯了，他们和那艘疯狂的圆舟都会消失在世界的尽头。

但是快孩感觉自己并不惧怕他们，或许是因为他亲耳听到了恩基的声音。他真的一点也不害怕，他的狗和他一样自信满满，趴在他的脚边，定定地看着这些混混。

“这将是世界上最有意思的旅程。我们将要去的地方，你们听都没听过。你们就和自己的父母待在家里吧，舒服又安全，睡觉前，你们还有牛奶喝。”

混混们互相看了一眼。

“那我们能和你们一起去旅行吗？”

“不行，你们会想家的，你们还会晕船。”

“拜托你，请让我们一块去吧。”

快孩摇了摇头，狗也咳了一声。他知道狗只是在咳嗽，但是混混们却以为狗要咬人，就被吓跑了。

4

家庭会议

当然，在遇到实际问题时，智慧神恩基也无法做到随叫随到，况且实际问题又有那么多。第三天，一位造船工向阿特拉哈西斯指出，接下来的长途航行将使新造的船只面临各种各样的未知风险，所以，为了安全起见，这艘圆舟还需加上一个顶棚。尽管传统的小船都是上方敞开的，但如果不加顶棚的话，大水就会漫进船体来，难道不是这样吗？阿特拉哈西斯根本没有想到这一点，听他这么一说，就立刻同意了这一做法。私下里，他还担心船上房间的分配问题：他们应该如何为人类和动物安排各自的单独空间？

"我必须为动物们做些什么，"他时刻都在这么想，"我该让大家都做些什么呢？"

他说，能否也给船只装上一个甲板？造船工同意了他的这一提议。

"如果我们把甲板放置在船体大约一半的高度上，那么，整个船体的结构将会更加稳固。我建议用坚固的木柱支撑住这块新甲板，木柱的底部支在船底的木板上。”

“这种方法会很有效。”阿特拉哈西斯说道。编织的芦苇墙还可以连到完工后的木柱上，从而为不同动物划分出各自的活动空间。

“我在船体内部架起了3600根柱子，”随后他自豪地向恩基报告说，“这些柱子都安好了，**每根柱子都有半个大麦桶粗，高达三米。**”

阿特拉哈西斯忍不住告诉造船工人们，他将会带着许多动物登船远航，因此，需要给船做些特别的构造设计。工人们奇

怪地看着阿特拉哈西斯，一言不发。阿特拉哈西斯也没有过多地解释。

结果证明，圆舟的外形相当漂亮，在渐暗的日光下看上去轮廓分明。尽管体形巨大，但它结构匀称，相当优雅。离完工只剩下四天时间了。阿塔拉哈西斯自言自语，是时候向妻子做些适当的解释与坦白了。

“恩基来找过我了，”他缓缓说道，“他叫着我的名字。恩基亲口告诉我，让我去造一条船，也就是我们一直在造的这艘圆舟。我们非常需要这么一艘大船，因为……因为我们都要大难临头了。”

阿特拉哈西斯说着就停了下来，然后压低了声音，弯腰凑近妻子，深情地望着她的眼睛，用极低的嗓音继续说道：

“你看……恩基他来过我们家里了……”

然而，听到这个惊人的消息，妻子的反应比他想象的要平静得多，她和小儿子快孩坐在一起，只是睁大了眼睛，握紧了阿特拉哈西斯的手。也许她早已猜到了大部分真相，阿特拉哈西斯不由得这么想。妻子常能预知尚未发生的事情。当她明白了阿特拉哈西斯话中的意思之后，她的头脑变得异常清醒，她首先想到了自己的孩子们。当然，她要照顾好自己的孩子，还有那些她认识或见过的孩子们，和世上其他地方的孩子们，他们的安危让她十分牵挂与不安。这些孩子平时都蹦蹦跳跳，快乐地成长着，他们期望着自己将来也能成为父母那样的人。然而，这些孩子的梦想，看来永远都没有实现的机会了。

她还想到了自己的房屋和神庙等，这些坚实的建筑物高傲地指向天空，还有那些住在房子里的人以及在里面工作的人。一幅广袤的人类画卷在脑海中展开。尽管现在风和日丽，但不久，这一切就要消逝在黑暗中了。那些画面清晰地浮现在她的脑海中，清晰得简直可怕，她咽了几口唾沫，连呼吸都感到困难。

但是她知道，这是恩基亲自发出的命令，同时她也明白，她和她的丈夫对灾难的发生无能为力。因此，她马上开始了实际的应急安排和必需品的准备。

阿特拉哈西斯派小儿子快孩去叫来他的两个哥哥。他们一起走进来，当看到母亲一脸的憔悴，还有父亲那一脸的严肃，他俩顿感惊慌失措，甚至忘记了自己想要咨询的几个关于圆舟的疑问。

“暴风雨……就要来了，”阿特拉哈西斯说，“我接到了一个警告，从——”他朝上指了指，“这就是我为什么要造这艘船的原因。造船不是为了好玩，这艘船有更加紧要的用途。我想，不久我们就会发现，当暴风雨真的来临时，没有这艘船，我们都会被淹死。”

“如果洪水泛滥，有了它，我们就不会有事了，对吗？”大儿子问道，“经常爆发的洪水，不算真正的紧急情况，对不对？”

“我想，这次的洪水规模之大，是前所未有的。”

“但是，您为什么非要把船建得这么大呢？”另一个儿子问道，“人人都知道这艘船，我们是不是非得把每个人都带上船？”

“不是的。为了以防万一，我被告知要带着动物一起上船，它们要雌雄各一，成对上船。”

“所有的动物吗？”快孩迅速咽了口唾沫，看了看他自己的那条狗。

“够了。在上船之前，你们要告诉自己的妻子将要发生的这些事情，我们一家七人将会和动物一起，在这条船上待很长的一段时间，直到该发生的都已发生，直到一切灾难结束。我们会平安无事，但并非所有人都会如此幸运。”

“您的意思是，很多人会死？”

“孩子，按我的理解，的确如此。很多很多人都会死掉。我已向至高的神呼吁，他们却不听我的恳求。这是他们坚定不移的决定，只有我们——我们一家人，被挑选出来完成这项拯救世界的工作。你们需要像过去一样，坚强勇敢。你们两个必须保护好自己的妻子。你们要和快孩一样，必须表现得像英雄一样果敢。”

“我们在船上要待多久呢？”

"我也不知道。但是有一点非常重要，就是不要把我跟你们说的话，告诉我们家以外的任何人。你们都明白了吗？这是命令。其他人绝对不能知道。"阿特拉哈西斯仔细打量着他们的脸，抑制住内心的同情。他的儿子们刚刚得知世界将走向终结，他们的父亲肩负着拯救世界的重任，其他人都将死去，而他们一家要带上动物一起走。然而，周围的一切都那么正常。晚饭时，空气中炊烟弥漫，还有人的说话声和牲畜的叫唤声，或远或近。这一切都让人觉得生活会永远照常延续下去，哪有什么灾难可言。

他们的父亲朝他们轻轻地点了点头。最后，两个儿子都一言不发地离开了，一起走进了夜色之中。

"现在，我们都知道了，"快孩说，"不用多说。过几天，哥哥们都将明白您的苦衷。您能被神选中，这真是我们的自豪。我们也不会让您失望的。"

母亲流着泪抱住了她的小儿子。

"我们到底应该怎么处理这些动物？你对它们一直都那么好。"她的眼里浸满泪水，"你懂它们，我想它们也懂你。我们接下来应该怎么做？"

5

雌雄一对

阿特拉哈西斯特别担心的两个问题是：如何确保每种动物都是雌雄各一，并且保证入选的动物日后都有强大的繁殖能力。绝不能以人类作为判断的标准。有时候，不幸的夫妻从未生出孩子，最强壮的人会突然死掉，死于看上去并没有那么致命的某种疾病。

他的妻子若有所思地点了点头。

“告诉我们，恩基到底和你说了什么。”她说。

“其实，他的话令我有点困惑。”阿特拉哈西斯回答说。“首先是‘拯救生命’的命令。后来恩基向我提到了健康丰腴的动物，我不知道这意味着什么，他说起过鸟类、家畜和其他一些动物。”

“他的意思可能只是每种动物选出雌雄一对，每一种动物都要这么选。”小儿子快孩说道，“这样的话，等这一切结束，动物就可以繁衍后代了。”

这正是恩基想要传达的意思，因为当大洪水倾盆而下的时候，动物根本存活不下来，未被带到船上的物种无疑都将会灭绝。因为心有困惑而又担忧，阿特拉哈西斯当时并没有清晰地想象出这样的悲惨场面。

他说："我们对将要发生的事情负有全部责任。我们必须营救每种走兽、飞禽和昆虫——只要地面上有的动物，每种都要雌雄一对。我们要列出一个清单，以免遗漏其中任何一个物种。"

"好主意，"他的妻子说，"男孩们可以在泥板写下能想到的所有动物的名称，这样的话，到时候我们就可以按照清单来核查它们是否都在船上。"

"我在考虑把它们分成家畜和野生动物两类，"阿特拉哈西斯说，"我在泥板学校学习的时候，他们就有这样的分类名单，非常有用。我当时应该用心去学习才对。不知道我是否还能回想起它们的名字。"

"我认为，你们其中一人应该负责写，"快孩说道，"写东西会占用我很长时间，并且写完了，你们没有人能辨认出我的字迹。"

他的父亲阿特拉哈西斯欣慰而打趣地笑了。

"可以在早上开始写名单的第一项内容。这可不是闹着玩的，可以说，这是世界上最重要的一份清单，我们一定要做得完美无缺。你们想到了任何动物的名称都要直接写下来。这与指令无关。我稍后会检查你们的记录。我们明天晚上睡觉前必须完成这份清单。”

“我觉得，”快孩的母亲说，“你不必做任何抉择。到时候，两只特定的动物到达时，如果你我都觉得它们是注定幸存的，那么它们就是被选中的那一对。”

“嗯，也许这么做是对的。但我仍然担心如何让所有动物都在第一时间上船，如何保证它们都能安全着陆。”

“它们都会平安无事的，哈西斯。我相信它们都会没事的。”

天刚破晓，阿特拉哈西斯的三个儿子就坐在了院子里，脑袋凑在一起。他们从河里取回了优质的黏土，二儿子——家里写字最好的人，已经制作出了第一个长形泥板，并准备在上面书写动物的名称。他满怀期望地举起了写字棒，但是当他们开始写的时候，才发现凭空列出清单并非易事。其中一个儿子提到了羊。他们的母亲在门口喊道：

“我可怜的孩子。你们就这样开始写清单了？即便是我们自家的绵羊，它们的外形和大小也各不相同，名字也都不一样。我们需要很多羊毛，所以我们必须选毛多的羊，好看的黑羊就不必考虑了。”

“好吧，我们觉得应该先从两条腿的动物开始写，再写三条腿的，然后是四条腿的。”

“三条腿的？”

“我们绝不能遗漏下任何一种动物。”

“好。我来开个头。猴子！呃，奶牛……别忘了蛇。”

阅读提示

你能想象一下，列出这样的清单会是一种什么感觉吗？想出世上每种生物的名称，然后把它们都写下来，字迹要工工整整，清晰地誊写在泥板上，每一种生物都不能遗漏。在动物排队登船时，自己的父亲会以此名单来进行登记核查？

不过，这就是事实。学校的男生（以及少数几个学过写作课的女生）必须学习如何写出全部动物的名称，即使他们并不真心了解这些动物，这样的练习对他们的学习肯定会有所帮助。

请注意，如果今天让你列出同样的清单，你恐怕也会感觉十分麻烦。那么，四千年前，阿特拉哈西斯一家，更永远不可能像我们这样了解世界上的所有动物。没有哪个巴比伦冒险家曾经抵达过非洲、中国或澳大利亚（尽管其中有过一两个人可能去过印度）。因此，当恩基命令阿特拉哈西斯统计“所有”生物时，他指的是他们一家所知道的、自己生活地区的所有生物。但这仍是一场复杂且难以操作的动物展览。

“我有个好主意，”大儿子说，“统计家畜很容易，我们可以最后统计它们。我更担心的是那些野生动物。父亲您不但要把所有动物汇聚起来，而且还要保证它们在船上和平共处，不是吗？我们不希望它们捕食任何其他物种。让我们把它们分成四足大型易饥饿类、四足中型、弱小型，还有几乎隐形型（我们都知道哪些动物会占绝对优势）。那么，这就更容易在船上为它们分配合理的栖息处。”

“好。狮子、老虎……”

“还有狼？”

“对，还有狼、猎豹和金钱豹。”

“那些吓人的豺狗和……呃……鬣狗……”

“还有野牛，还有野猪，有人还想到其他物种了吗？”

“猞猁。那些体形大的，它们叫什么来着？哦，对了，斑马！”

“好吧，目前已有十一个大型易饿类的动物了，每种雌雄各一。写下来。”

“这样看上去，名单进展还不错，是个好办法。”

“现在开始列出中型动物的名单。所有的野生动物，比如野生绵羊和野生山羊、獐鹿、羚羊、狐狸、野猫、家猫、狞猫、猫鼬、野兔、乌龟……我想我们也得把野猪考虑在内。”

与此同时，快孩的脑子里已经冒出其他动物的名称了。

“小鼠、睡鼠、田鼠、鼩鼱、跳鼠、水獭、貂、变色龙、水母、蜥蜴，所有不同的种类，比比皆是——青蛙、蟾蜍、蝎子、壁虎、螃蟹。”

“别说那么快。”

“然后是蝗虫、蚱蜢、蟋蟀、螳螂、头虱、其他类虱子、跳蚤、象鼻虫、白蚁、飞蛾、蠕虫、蚯蚓、蝴蝶、苍蝇、马蝇、蚊子、黄蜂、划蝽……”

“你所说的划蝽会活得很愉快的！”

“蜈蚣、蜘蛛、蜻蜓、蚂蚁、蜥蜴……”

“你已经提过蜥蜴了！”

“以防万一遗漏。”

阿特拉哈西斯在破晓时分出去为将要上船的动物们采集食物，他沿着熟悉的路线前进着。在这个国家，肯定有不止一种类型的狮子，但即使他能抓住一对狮子，也没法把它们全部带到船上——雌雄一对，很难做到。如果动物们足够强壮，并且在他们全部放归自然后，都能繁衍后代，那么，世界也许就能恢复

到以前的状态。未来这一对狮子的后代可能要生活在寒冷的地方，长出更厚的皮毛。因此，主要的任务是每种动物都要抓到雌雄一对。

“听着，哈西斯，”他的妻子说，“关于我们的物种清单。我们真的需要严格地按照名单带上每一种动物吗？我的意思是，毒蛇也要带上吗？跳蚤、臭虫也要带？如果我们把它们排除在外，会不会更好……呃，以绝后患？”

阿特拉哈西斯严肃地看着自己的妻子，摇摇头。

“亲爱的，这不是你我所能决定的事情。我们的任务是拯救每一种动物，这就意味着是所有种类的动物。”

他的妻子看起来很憔悴，阿特拉哈西斯用双臂搂住她，以示安慰。

“现在，还有件更为重要的事。你能不能为不同的鱼制作个巨大的水缸？”他问道，“我们必须小心翼翼地抓住鱼儿，并在最后时刻来临之前，再把它们运到船上。”

“说到这个，我们还真有那些大的汤锅，汤锅能派上用场吗？”

“哈哈哈！我是逗你玩的，船长太太！在洪水期间，你觉得这些鱼可能会过得不好吗？你知道的，鱼活在水里。”

“噢，我不太确定，哈西斯，小鱼活不下来的。”

“对，我觉得幸存的都是那些最顽强的鱼。”

三个儿子孜孜不倦地统计着动物名称。到了晚上，他们已经列出了两个长长的泥板名单，阿特拉哈西斯看着很是高兴。这是份令人欣慰的完整名单，写得很清晰，阿特拉哈西斯表示自己很满意。

任何一种被遗漏的动物都必须再写在另外的一块泥板上。等到快上船的时候，他差不多就可以读到一份更全的名单了。

“好在我们只有一种类型的人类，”他的妻子说，“这应该算是件好事。”

6

可怜的阿特拉哈西斯

他们一家人已经忙活了整整五天了。然而，这个完全按照恩基的要求而建造的大船依然没能完工，现在剩下的任务就是给船加防水层。事实证明，防水层造得比新船长预料得更密实牢靠。他非常佩服造船工人的高超技术。船的里里外外，每一处都必须用沥青仔细涂覆，因为任何一丁点的遗漏都将会引发灾难。沥青需要的量很大，对于懂行的人来说，沥青分为很多种类，沥青混合物也有很多种，需要造船工进行仔细的挑选和调制。阿特拉哈西斯小心谨慎地向恩基报告所发生的这一切，并且还包括了所有的细节：

“我已准备好将一指厚的沥青涂在船的外面，内侧也一样。我还向各个船舱里倒了一些沥青。接下来，我先在烧窑里放了一种沥青，一共242立方米之多，然后又倒入了30立方米其他种类的沥青。”

当沥青准备好时，尽管快孩很想去帮忙，但阿特拉哈西斯怕他碍事，便把他送回家了。船只顺流而下，上面载着一只只装满沥青的大桶。到岸后，卸下来的沥青桶由温顺的驴子驮着，一个接一个地从河边运送到繁忙的码头去。这是一件繁重而且危险的事情。沥青必须在大桶中加热，直到冒泡变黑，发出一股臭味。这期间，人们得一直搅拌沥青，就像厨师弯着腰专心调制一些秘制的汤那样辛苦。这些散发着臭气的沥青混合物要达到一定的稠度才能用于船只的防水。此外，还需要添加一些柽柳木和柽柳枝。

“沥青并不是船体的最外层，”阿特拉哈西斯向恩基倾诉，**“我还加了五个手指厚的猪油层，每个烧制的窑子都装了这么多。”**

涂抹这些恶心的沥青是一项艰巨的工程。船的里外，沥青厚度必须厚薄适度。这些又热又黏的沥青必须抹匀，然后再用特殊的木制滚筒压平。男人们一边唱着歌，一边紧锣密鼓地忙乎着。用沥青来防水对他们来说并不稀奇，但这是个有史以来最大的工程，在他们看来这活儿似乎永远也干不完。这艘大船在他们手中渐渐地穿上了黑色闪亮的外衣。液态的沥青已固化成坚硬的外壳，工人们承诺，无论以后天气如何，它都可以达到完全的防水效果。

当人们担心任务是否能够如期完成时，这项伟大的工程居然就完成了！阿特拉哈西斯的船——这项人类最伟大的创造，终于完工了！这真是一个历史性的时刻。参与其中的每个人都感到由衷的自豪和快乐，大家都欣喜若狂，准备盛宴庆祝一番。

阿特拉哈西斯的家里也充满着欢乐的气氛。两个大儿子和他们的妻子也都满怀喜悦和激动。他们急着检查船体的上层，这是以后大家要住的船舱，他们发现所有的安排都非常令人满意。阿特拉哈西斯猜想，这艘船真正的功能将会超出儿子儿媳的想象。阿特拉哈西斯悄悄地走开了。

难以置信，可以如此迅速高效地完成恩基的命令。阿特拉哈西斯为他的船和他的工人都感到自豪。这艘船集美丽、大气、精致于一身，深黑色的船体优雅圆润，是一艘前所未有的巨轮。然而，从现在开始，随着船的完工，水表的水位越来越低，时间越来越紧迫，焦虑的阿特拉哈西斯必须要面对残酷的现实。

他的周围充满了令人愉悦的声音，鸟鸣声、其他动物的叫声、大人小孩的嬉闹声……但他此刻却没有心情听。他看了看这艘船，很快就转身离去。每一个忠诚的工人，都曾为这艘船辛勤劳作，此刻他们正在他身后的清风中发出愉快的喧闹声，然而，最终他们每个人都要与他们的家人、邻居、朋友和敌人一起彻底消失在这个世界中。恩利尔手指轻轻一挥，这片土地上的所有人、每个村庄、每个小镇，甚至是前所未有的大城市，都将消失在令人窒息的洪水之中，所有的生命都会像油灯燃尽后的灯芯一样熄灭。

阿特拉哈西斯不明白，大家到底做错了什么，以至于要遭受如此残忍的惩罚？确实，人类之中有很多恶霸和暴徒、骗子和小偷，但并不是每个人都这样。

当他，这个全世界最负责任的男人，试着去想象将要发生的灾难，心中就充满了恐惧。不久之后，他就必须同时担负起管理者、牧师、农民、建筑工、商人、医生的角色。而且，他还将肩负起向他的儿子、孙子、曾孙甚至以后的子子孙孙传授一切技艺，指明正确道路的重担。如果他必须让世上的一切重新恢复生机，运转如常，变得比现在的这个世界更好，他必须努力活到很老。在他之前，从来没有人要承担如此重大的责任。

“但是，”他自言自语着，“神会看到这一切，也会把这件事放在心上，当生命再次出现在地球上时，他们一定会很高兴，不是吗？”

“告诉我，”阿特拉斯哈斯仰天长啸，“为什么如此美好的人类世界将会变得如此糟糕可怕，以至于你们——众神，想把人类当成一个错误来毁灭掉？为什么是我，一个平凡无奇的人，被神选中来帮助所有生灵度过这场浩劫？”

天黑了，唯有天上那银盘般的月亮还散发着皎洁的光芒。阿特拉哈西斯借助于一架造船时用的梯子，缓缓爬上大船弯曲的船顶。他望着远处的风景，大河湍急地流向远方，飘动的炊烟、闪烁的灯光、夜里安静的牛群的声音，还有远处奇怪的狗叫声，都让这夜晚显得更加安静。

他会亲自去拜访月神本尊——辛（God Sin）。毕竟，新月的出现是个关键的时刻。也许辛会改变自己的主意，那么，将永远不会再出现另外一轮新月，这样的话，他们就都免遭其难了。

阿特拉哈西斯已是心力交瘁，禁不住哭泣起来，为那些注定要死去的人而哭泣，为那些住在附近的邻居而哭泣，为那些他从来没见过的陌生人而哭泣。他跪在地上，双臂高举，泪流满面，仰头看着冷酷无情的月亮——**"不要再让我心碎了！请你千万不要消失啊！"**

接下来，他的祈求就淹没在自己的呜咽声中：**"……黑暗……进入我的……"**

但是，月神辛没有给他带来丝毫的安慰。恰恰相反，他从神座上站起来，发誓要在黑暗来临时毁掉这一切。阿特拉哈西斯知道，无论他如何苦苦哀求也不会打动众神那铁石般的心肠。除了活下去，他别无选择，他要把各种动物送到大船上。这份艰巨的任务让他的心情变得更加沉重。他该怎么才能完成这一神圣使命？在众人欢庆时，他该如何才能做到独自面对这场人类浩劫？他似乎承受不起这一心理重压，自己几近崩溃。

阿特拉哈西斯跌跌撞撞地爬下船来，心烦意乱，手脚发软。“造船……拯救生命”——这条曾经的命令，现在成了他不变的使命。他一遍又一遍地重复着这句话。他真正担心的是，巨大而沉重的圆舟能否漂浮起来，如何聚齐所有的动物，船里是否有足够的空间来装下所有的动物……他必须解决这些问题。月光下，他看到了快孩瘦小的身影。快孩一如既往地跟随着他，静静地候在一旁。

“父亲，我们会好起来的。您已经做了您能做的一切。我们齐心协力，请您不要灰心丧气。”

过了很久，阿特拉哈西斯孤身一人走进了夜色中，比雨点甚至冰雹都要大的黑影从漆黑的夜空中纷纷落在地上，在他的脚边抽搐不已。阿特拉哈西斯低头一看，发现天空掉下来的竟然是鸟儿鱼儿的尸体。他弯下腰去摸死去的鸟、鱼，但这些尸体却在他的手指将要碰到的瞬间灰飞烟灭，一时间，他想不通这是怎么回事，直到他想起了恩基曾给出的警告——这就是洪水即将到来的征兆。

7

即将到来的洪水

“洪水马上就来了，”阿特拉哈西斯对妻子说，“看，动物们朝我们走过来了！”

动物们站在船前。鸟类、爬行动物和昆虫，从四面八方自发地赶来，聚集在阿特拉哈西斯的身边。它们没有慌乱，没有喧闹，也没有推搡。每种动物各有雌雄一对。再也不需要人为干预了。

最近发生的事情都太不寻常，阿特拉哈西斯面对这种情形并不感到惊讶。他想，这一定和恩基有关，他心里顿时涌起感激之情，恩基肯定和动物们说了什么，或者给过它们一些神秘的暗示。也许他派遣了一位使神，挨个拍了拍每种动物的肩膀……无论如何，动物似乎都到齐了。阿特拉哈西斯站在船的门口，微笑着点头欢迎。有些动物腿短，路上花了很长时间才赶到这里。

在阿特拉哈西斯核对登船名单，考虑大致安排时，动物们都在耐心等待。毫无疑问，所有的小型动物都明智地骑在其他动物的背上。两只大象被身上的“乘客”从头到脚覆盖满身，不得不小心翼翼地朝船走去，这场面显得十分和谐。最后，所有动物都安全顺利地登上了新造的圆舟。

自从恩基传达了这个毁灭性的决定后，阿特拉哈西斯第一次感受到，也许，他能够应对未来的局面，毕竟他已做好了准备。只是临时的安排还需要做一些调整：某些动物需要立即分开。小型甲壳动物和多足动物大都找到了自己的栖息之处，阿特拉哈西斯严肃警告它们，任何情况下都不能啃咬船体。他带来了大捆的木头、绳索和其他一些原材料，堆成一个大窝棚，为它们提供了一个栖息地。阿特拉哈西斯的妻子想要带上船来的家禽比既定的要多，因为有些家禽会成为她汤中的材料，但她的

丈夫却摇了摇头，坚定地阻止了她的这一行为。

当天晚上，按照约定,船匠带着最后一桶沥青出现在船边。阿特拉哈西斯出去感谢自己的这位首席助手，但他一时又不知道该说些什么。

“当我进船之后，请帮我把这桶沥青封在门上。”他详细地嘱咐着。

“在你进船之后……”船匠语含讽刺地说。

“在我之后，洪水降临。”阿特拉哈西斯心想。于是他又补充说道：“然后，你就去做任何你想做的事吧。”

船匠笑了起来，阿特拉哈西斯知道，船匠肯定认为自己疯了，但阿特拉哈西斯无法向他证明自己没有疯。

实际上，他们之间也没有什么可说的了。阿特拉哈西斯退回门后，船门紧跟着关上了。阿特拉哈西斯可以听到沥青滚筒的嗖嗖声。现在无人监督，但船匠依然同往常一样在门框周围细致地工作着。除此之外，阿特拉哈西斯在门的内部采取了同样的处理措施，以便门可以从内部全部密封起来。他一次又一次地试图不去想将要发生的事情。船匠无疑会搬进他的房子，会利用他能找到的任何东西。啤酒喝不了多久，然后整个世界就洪水滔天……

正在他颤抖地忙碌时，一头驴子闻了闻他的手，他拍了拍驴的脖子，驴脖子上立刻留下了一个黑色手印。

他的二儿子看到了说："希望其他动物们不必被印上这么特别的标志。"

小儿子快孩想到了他的狗。它没有被带上船。船上需要年轻而富有活力的动物，他的父亲坚定地说，每种类型只要雌雄一对。无论如何，没有人知道这只狗是哪种类型的，并且它也老了，无精打采的。但狗的眼神中没有责备，走到了外面。当他们最后一次离开房子时，狗已经不见了。还有那只经常在男孩的外衣下玩耍的青蛙，也是他最喜欢的青蛙，也没有被允许带上船。

等门一被封住，阿特拉哈西斯便和他的妻子一起，向船上的所有动物宣布了一个消息，他缓慢地说道："我们被命运选中，去完成一项非常重要的使命。这条船上的每一只动物都很重要。无论在船上要待多久，我们必须和谐相处，耐心生活。我们准备好了所需的一切，保证让每个成员都能在航行期间得到自己所需要的东西。"

他停下来，他的妻子点点头。

"有几条重要规则我们都必须要遵守，"他继续说道，"不能猎杀或撕咬，也不能吃掉船上任何其他成员。不能欺负弱小的邻居。也不能嬉闹……"

他略带歉意地看了一眼众多大型四足动物，又意味深长地看了看猴群。

“我们都必须保持安静和耐心，直到航行结束。一旦我们开始航行，船的摇摆可能会让大家更容易入睡。”

阿特拉哈西斯生动地打了个鼾。有几只动物模仿他打鼾，鹦鹉发出刺耳的叫声。

“如果你们喜欢，男孩可以为你们演奏乐器，女孩可以唱动听的摇篮曲。”

没有动物作声。阿特拉哈西斯觉得，至少狮子和大象明白了他的意思。所有其他动物都一动不动，似乎正在全神贯注地听着。

“我把该做的都做完了。如果你们体谅他人，而且要求合理，那么饲料和水的供应就不会中断。”

他又停顿了一下，好像在等着有人提问。然而，与此相反，四处安静一片，只有大家的呼吸声，就好像他所照顾的动物们在船里都感到轻松舒适。阿特拉哈西斯露出了欣慰的微笑。

接着，他在一个巨大的拱形船蓬骨上刻下了第一个标记。到现在为止，一切都很好。希望这种状况能持续到所有动物成功脱险的那一天。其中一个男孩将负责每天做这样的计时标记。楼上甲板上，放着一碗供人吃的椰枣和一些凉水，但他们都因不安而感觉不到饥饿。当他们坐在一起时，阿特拉哈西斯突然举起双手，示意大家保持安静。此时，有一个雨滴试探性地打在了船顶上。起初，雨点的声音间隔很大，然后，渐渐地，雨声变得越来越紧，声音也越来越大。这条巨大的船颤抖了一下。他们在黑暗中看着彼此。

“开始了，”阿特拉哈西斯低声说，“大洪水就要来了。”

从第一天开始，当他们感觉船开始在水面上移动时，雨点就不停地落在船顶上，阿特拉哈西斯大步沿着船壁和下层甲板仔细查验，他焦急地望着船顶，并没有看到它变潮湿或是有水渗进。在船的内部，他们只能靠预测来判断外面沥青防水层是否可靠。事实上，即将到来的洪水的巨大威力超出了他们的想象。

通常来自地下的水源，如喷泉、瀑布和河流，都与所有的海洋相连，形成一张暴风雨的毯子，用水覆盖了这个世界。阿达德放弃了使用他最强大的风暴，换成一个破坏性的、汹涌澎湃的漩涡，冲走、压垮、淹没了人类的一切文明成果和整个自然界。生命原本丰富多彩，现在，在这样一个吞噬地表的洪水之下，世界只剩下死寂和泥土，这是前所未有的。阿特拉哈西斯的船在地表高处漂浮着，饱受风吹雨打，被突然涌来的巨浪撼动着，跌宕起伏，颠簸旋转，但没有一滴水渗进过船体的特殊涂层，每个被拯救的生命都安全地待在温暖和黑暗的船中。

在半明半暗的环境中，所有的动物都变得越来越躁动不安，但没有人注意到这些变化。空气中弥漫着这种强烈的浮躁，并且它很有传染性。不知何故，它们似乎都已经意识到，它们能够登船是多么幸运。随着船体的不断晃动，大家很容易就睡着了。即使在清醒时，也没有人知道现在是白天还是黑夜。动物们已经不再遵守作息规律了，不在天黑之前急着觅食了（对某些动物来说，是在天亮前觅食）。阿特拉哈西斯合理地规划着船上的供应，尽管他在船的下层中，总有做不完的清理工作。四足动物体会最深，每当船体因为动荡的洪水而陷在某个深沟中时，剧烈的晃动都会让它们跌跌撞撞，甚至会碰出淤青，有时还要包扎一下受伤严重的部位。

对于阿特拉哈西斯的家人来说，他们的新任务源源不断，都需要他们自己来逐个完成，这对他们来说，无疑是件好事。事实上，他们一直都在忙碌，因此，他们没有时间坐下来担心或考虑外面正在发生的事情。他们必须轻手轻脚地穿过动物的栖息处，处理各种事情，并检查船内各个方面的状况是否完好。多数大型哺乳动物在头一两天都遭受了晕船的折磨。看到狮子和老虎威风不再，趴在地板上痛苦地呻吟着，猴子们觉得这很有趣。于是，其中一两只身手敏捷的猴子惟妙惟肖地模仿着狮子和老虎那可怜的呻吟声，但它们都会躲在狮子和老虎够不着的安全地带。

晚上，阿特拉哈西斯的家人坐在一起低声说话。他们的睡眠都没有了规律，经常在餐桌上打瞌睡。阿特拉哈西斯看了看

围在自己身边的孩子们。年纪较大的儿子正是长胡须的年纪，所有的孩子看起来都显得成熟稳重了许多，他们正一天天变得更加能干。孩子们的能干抚慰了阿特拉哈西斯心中的焦虑。这艘圆舟无人驾驶，随波漂流。穿过水域，他们就会安然无恙，到时候，他们才知道下一步该怎么做。最小的儿子快孩本来对这件拯救万物的事情一无所知，但是，他看到了这一切，并在此后不断地出谋划策。快孩喜欢爬上船蓬骨，在屋顶正下方找一个座位，朝着成对的鸟儿吹口哨，跟着鸟儿学各种叫声。

与此同时，众神惊恐地低头望着人间所发生的一切，有的神甚至还遮住了自己的眼睛，不忍直视。大地上的这个广阔而黑暗的海洋，在众神的惊慌注视下，正阴沉地汹涌翻滚着。即使是那些曾经矗立着的最高山峰，那些人们熟知的地标，现在也都已被洪水淹没了。他们对此都心照不宣：在这洪水之下，是大家司空见惯的灿烂辉煌、生机盎然的万千世界，如今的这一切都被洪水永远地摧毁了。

人类到底做错了什么？究竟是什么导致了人间的这场灭顶之灾？

众神受到了惊吓，失魂落魄般地走来走去。尤其是阿达德，他脸色铁青，一言不发。众神都知道他也只是遵命行事。恩利尔，这个可怕的灭世计划的策划者本尊，却突然间不见了踪影。

8

圆舟停泊

刚开始，船上的人和其他动物并没有发现外面的大雨已经停了，因为他们已经习惯了在船顶上雷鸣般的雨点声中，做着白日梦或打着瞌睡。直到最后有人说，外面好似没有任何响声了。而这时，有许多动物恰巧醒来，大部分都打着呵欠或者伸着懒腰。

动物们的守护者阿特拉哈西斯对此却感到一丝不安。他甩了甩头，似乎这么做，能让他听得更清楚些，但不久他想到，如果外边的大雨真的停了，那么，外面的水位就会下降。他站在船里，陷入了沉思。忽然，他想到了一个好主意。造船时，他们预先留了个舱口——在船顶上预留的一个很小，但防水性却极好的舱口盖子——或许此时，它就能派上用场。阿特拉哈西斯让快孩用凿子敲打一下这个舱口盖，然后用力将它推开。

“你能看见什么东西？”

“我能看到的地方，什么东西都没有，”男孩低声说，“到处都是水，没有别的东西。”

“我放出去的鸽子现在哪里？”

鸽子栖息在一个木制十字架上，尽管周围环境一片狼藉，但如往常一样，它们通体洁白无瑕。他把手搭在眼睛上，仿佛在眺望、寻找地平线，然后挥舞了下手。一只雄鸽飞到他的肩膀上，接着划出一条优美的曲线腾空飞去，消失在舱口外，一点都没有蹭到舱口边缘。

“我们需要等多久，哈西斯？”

“我觉得可能要等到天黑之前。”

天完全黑了，当雄鸽勇敢挣扎着穿过半开的舱口飞进来的时候，大多数人都已经睡着了。鸽子向阿特拉哈西斯飞过来，落在他的手上。他立刻明白，这只鸽子飞出船后，并没有找到可以停靠的陆地，于是只好又飞回来。他抚摸着这只忠诚的鸽子，直到它和其他鸽子再次一起飞走了。

第二天还是这样。雄鸽又想去探路，但大家都看到它已经筋疲力尽了，于是阿特拉哈西斯把另一只雄燕放了出去。对于每个人来说，这又是一个漫长的等待，直到天色很晚的时候，大家才听到了翅膀拍动的声音。

这时，阿特拉哈西斯变得非常担忧：如果外边的水位一直不下降，那么，他们又该怎么办呢？第三天，他诚惶诚恐地又放出去了一只乌鸦。这一次，虽然他们耐心地等待着，但这只乌

鸦再也没有回来。他知道，水位一定下降了，外边的陆地又露出了水面，乌鸦能够找到食物和自己的栖息地了，至少，船外的世界可供那些会飞的动物生存下去了。

不久，船里出现了一阵非常刺耳的刮擦声。阿特拉哈西斯皱了皱眉，以为水会从船板上涌出来，但大船只是滑了一下，船体变得倾斜，最终停了下来。一阵可怕的吱嘎声过后，巨大的圆舟开始平稳下来。每个人都紧张地聆听着船外的动静。

船终于变得一动不动了。原来他们已经安全着陆了。

巨大的圆形船中，人们发出了欢呼声、吼叫声和吱吱声，儿子儿媳们忍不住围成一团，高兴地跳起了舞蹈。阿特拉哈西斯去找斧头了。动物们围着他看，他小心翼翼地撬开了被沥青包裹住的船门。清新凉爽的空气扑面而来。阿特拉哈西斯再次举起了手，示意大家安静下来，然后朝船外望去。

船停靠在了一座巨大的山峰上。这是一个山角，船体似乎被牢牢地楔住了，大家并没有感到船体的摇晃，但他们绝对是停在了半山腰上。幸运的是，船舱门靠近着岩石的地表。

“小心一点，”阿特拉哈西斯说，“我不想大家出去时，受到任何伤害。无论你有多少条腿，请不要疯狂蹦跳，出去之后，你们都有很多事情要去做。”

借着特别的有利位置，他透过薄雾可以看到远处的陆地和水域。那里已经长出了绿色植物。

动物们有序地下船而出，并且彼此都摆出“你先走”的谦让姿态。对此，阿特拉哈西斯很是开心。它们成群结队地观望着船外的景色，深深地呼吸着新鲜的空气，为即将到来的旅行做好了准备。像进船时那样，大型动物背着小型动物，排成了长长的队伍，开始沿着山体的一侧缓缓地走下船去。一开始，路很难走。大家沿着岩石丛中的一条天然小路往下走，一直走到下面干净而明亮的地方去。

空气中突然弥漫着一种熟悉的香气，这让幸存者们都感到十分饥饿。在一个角落里，他们发现阿特拉哈西斯向天上的诸神祈祷，并献祭上他早已备好的牲畜。他表示，从这一刻起，他还会像之前那样为众神服务，满足他们的各种需求。

带着香味的烟雾在清澈的空气中飘荡开去。几个星期没吃过正餐的神明们，立刻注意到了他的献祭，他们感激地聚集在一起。恩基说得对，他们觉得，这都是恩利尔的错。没有人类，众神就没有人来伺候。这段时间里，众神都在想些什么呢？原来，他们在想，无论发生什么事，他们都不会再大规模地毁灭人类了。

之后，出现了一阵鼓舞人心的响声，阿特拉哈西斯又往烧煤上多放了几块肉。

众神不再因人类而感到困扰，在对人类的管理方面，他们还可以做出一些调整，希望从今以后，一切都能平安顺利。

“那家伙，”恩利尔大嚼着肉问，“他叫什么名字？”“阿特拉哈西斯，”恩基说，“我手下最好的人选之一。”

“是的，他的行为令人钦佩……需要奖励……人和动物都已安全了……动物已经在地上到处乱跑了……你们自己看看吧。”

许多神灵一同望向人间大地。这些动物已经到达山底，开始向不同的方向陆续散去。众神喃喃细语，频频点头称是。由于他们中的许多神本来就不赞成这一洪水灭世计划，对世间这一新的景象，他们感到非常高兴。

“那关于永生的事情呢？”恩利尔提出来，“看起来阿拉特哈西斯很合适。我认为这是他应得的奖赏。我们以后可以见证到他发挥出来的更大能力。”

“我同意，”恩基说，“他可以监督所有事态的新发展。”

“确实，”恩利尔打着哈欠说，“就这么定了，那个，还有剩下的肉吗？”

最后，人们也从这条小径走下船来，携带着少量的生活必需品。阿拉特哈西斯确信，他们最终会找到他们所需要的一切。他转过身来，对那条停在峭壁上的大船看了最后一眼。他感到非常骄傲。在他的心中，所有死去的造船工都在向大船致敬，包括其他所有在洪水中丧生的人和动物……

阿特拉哈西斯深深地叹了口气。他们的继任者现在可以重建家园，人世间会再次兴旺发达起来。两个年长些的儿子与他们年轻的妻子手牵手，一起向前跑。他们脚下是一个崭新的、干净的世界，新的生命将在此诞生。而他最年轻的儿子也同样日渐强壮，在他的父亲身边，像英雄一样大步前行。他们相视一笑——世界将拥有新的未来，生命将无处不在。众神都很快乐，因为世界获得了重生。阿拉特哈西斯的妻子走近丈夫和小儿子，深情地望着他们，一句话也没说。他们经受住了神的这次考验，这让她感到非常欣慰，他们对即将到来的种种考验也信心满满。不过令人心烦的是，她被自己带来的那只蚊子叮咬了一口。

插曲

古代美索不达米亚人民早就知道生命的不屈不挠，但是，诸神却认为，众生可能会完全毁灭，无法生存下来。然而，在大灾难面前，人类存活了下来，动物得到了妥善安置，植物重新茂盛，装点着地球。现在，让我们来想象一下他们后来的美好生活，在他们身上究竟又发生了哪些奇迹？

刻有楔形文字的泥板中，有的泥板仍然完整如初，有的却已经碎成残片。在阿特拉哈西斯和他的家庭故事发生之前，人与自然的斗争没有被记录下来。幸存于世的古老泥板把这一人类故事重新呈现在世人的眼前。同样被泥板记录下来的，还有一个近两千五百年历史、用楔形文字标注的世界地图，这是迄今发现的世界上最古老的地图。看着它，研究细节，我们可以知道更多人类故事……

6 leagues
in between
6 leagues
in between
Region
6 leagues
in between
Region
Salt sea
Babylon
Euphrates
Swamp
channel
Region
[Region...]
Region

流浪者归来

多年之后，一位即将成名的流浪者离开了两河流域，前往遥远的北方和东方。他去了朋友们都没有去过的地方,远离运河上的阳光，攀登上远处的山峰，那里的人们不怕风雪，还说着让人听不懂的语言。

山外似乎是一片无边无际的平原，他大步走向未知的远方,留下一串串脚印。他走路时什么也不想，他的眼睛常常半闭着，一边走路，一边呼吸着稀薄的空气。四处没有生命，没有声音，只有他自己一路前进的脚步声。经历了一段漫长的跋涉，流浪者到达了世界的尽头。

他静静地站着，深呼吸，环顾四周。他来到一条大河前，那条河又宽又暗，不知道有多深。他无法辨认远处的岸，但他知道这肯定是一条河而不是大海，因为水从左向右流淌。在水边有一艘小船。他爬进去,推开船舱门。船朝着看不见的地平线方向平稳前行，不受横向流动的水流影响。

船体有时会轻轻摇动，能够让他安然入睡，有时还会把他晃醒。他既不饿也不渴，但当他用手指沾水尝了尝，却发现河水很苦。

有一次，他觉得地平线上好像有个污点，他拼命地想看清楚它，但最后他觉得那只是他的一个想象。后来，他确信自己看到了朦胧飘动的海岸线之上，有一个黑色三角形的东西。随着小船的前进，他逐渐看清楚了。在他前面的是一座巨大的黑色山峰，拔地而起，从远处看，就像一把直指天穹的锯齿状匕首。它在他眼前慢慢变高，仿佛有了生命，山的轮廓鲜明而粗犷，背后是深蓝色的天幕。

船到达海岸线时，自己就轻轻停了下来。他知道他必须下船，然后爬上山去。他到了山麓，很快就爬上了那座山顶。山上是一片荒凉而死气沉沉的岩石，岩石本身湿滑难登。一条崎岖的小径在他前面蜿蜒而上，小路的尽头消失在一处巨石的深处。

流浪者突然停住了脚步，因为在他的上方，天空映衬着人的轮廓。他看到了一个巨大的骨架，发白而弯曲的肋骨似乎属于某种巨大的骆驼。它一定是在山上死去，因饥饿而死，被秃鹫啄食，直到死亡。

但是，当他仔细观察时，他发现肋骨不可能是动物的肋骨，因为它们是木头的，不是生物的骨骸，每个肋骨的形状和大小极为相似。当他孤寂地凝视着黑暗山脉时，古老洪水故事的情节又浮现在流浪者的脑海里。英雄阿特拉哈西斯为自己感到自豪，他曾将救生船的船骨描述为“像大麦桶一样结实”，就像流浪者头顶上那些古老的木质船骨，巨大的木墩像大麦桶一样厚实。事实上，流浪者独自站在世界的边缘所看到的，就是洪水发生之后，阿特拉哈西斯制造的生命之舟的残骸。曾经一度，船舱内安全干燥，适于各种动物生存。这里就是水位降落时，阿特拉哈西斯那艘巨大圆舟所着陆的尼特西山。从那以后，圆舟一直存在，但没人见过，更没有人动过。

他决定尽快返回自己的小船。他沿着湿滑的小径开始往山下走。他决定原路返回，找到那条等待自己的小船，他急切地穿过空旷的平原和雪山。他沿着那条隐匿于世间的小路，原道返回。现在，他可以向每个人解释，传说中的尼特西山和生命之舟真的存在。

也许人们不会相信他所说的关于生命之舟的描述。但他必须把它写下来，再画上一幅画。是的，流浪者认为，当他回到家时，他还可以制作一张出行的地图。

“去第四座山， 你必须往前走七个里格（League）[1]的路

[1] 里格：是古代的一种用于陆地及海洋的测量单位。在陆地上时，一里格通常被认为是3英里，约4.8公里。

程……”

他自己点了点头。如果人们愿意不辞劳苦地去寻找，那艘船就在那里等待着人们的观瞻。

“……木块的厚度与大麦桶厚度相近，大概是十个手指的厚度。”

一切细节都会展示给他们……

遵循阿特拉哈西斯的指示

作为古代巴比伦洪水故事中的一个重要部分，造船指示是如此精确和详细，以至于任何阅读这个洪水故事的人都会认为，如果有自己的参与和帮助，阿特拉哈西斯的船只在今天也可以仿制出来。而这正是将要发生的事情。在印度喀拉拉邦的一个湖边，一组造船专家和熟练的造船工人进行了复制这艘古船的实验，他们建造出了这艘大圆舟的一个复原品。它是用泥板列出的材料构建而成的，虽然和阿特拉哈西斯的圆舟不完全一样，但它却完全符合古船的规格。毫无疑问，这是世界上迄今为止最大的一艘复古圆舟。它用时四个月之久，才终于复制成功。在正式投入试水时，复制的圆形古船也顺利地漂浮了起来。整个复制古船的过程被一家电视台拍摄成了一部纪录片。这就像按照四千年前的食谱配方，在今天成功制作出了一个巨型婚礼蛋糕。这是多么伟大的一次挑战啊！